白紙比比
好想飛

作者 北川佳奈　繪者 佐原苑子　譯者 歐兆苓

目錄

一

又扁又薄的身體，一點也不好玩

比比是一張純白色的紙。

他和熱愛下廚的比伊爸爸，以及喜歡開車兜風的丹蒂媽媽，一起生活在一棟有風向雞和紅屋頂的房子裡。

早上，比比剛打開窗戶，牛奶盒小樂就從對面的另一

扇窗戶探出頭來。住在隔壁的小樂是比比從小玩到大的鄰居，兩人讀的小學也是同一間。

「嗨，比比！你今天要幹嘛？」

「小樂，對不起，今天不能和你一起玩，我們家等等要去野餐。」

「你們會帶便當去嗎？」

「會，還會帶零食唷！」

小樂露出羨慕的表情，點了點頭。

「那我們明天再一起玩吧！」

「嗯，就這麼說定了！」

關好窗戶之後，一家三口就出發了。

他們車子的顏色是清爽的薄荷綠，車頂的天窗是這臺車最棒的地方。

天空非常晴朗，陽光灑落在車上，反射出刺眼的光線。

坐在駕駛座的媽媽問：

「比比，安全帶繫好了嗎？」

坐在副駕駛座的爸爸也說：

「要是不繫上安全帶的話，可是會被風吹走的喔！畢竟我們的身體，都又扁又薄的嘛！」

爸爸總是把「會被風吹走」這句話掛在嘴邊。比比一家是「一般紙張」，像他們這樣的紙，很容易被風一吹就不見了，因此都會隨身攜帶護身符。所謂的護身符，指的是一些有重量的飾品。

爸爸的護身符是一只手錶，媽媽的是一只金光閃閃的手鐲，比比的則是一個條紋護腕，裡面裝了沉甸甸的沙子。這麼重的話，風應該就吹不走了吧！只不過，手臂會瘦得不得了。

「這種又扁又薄的身體，一點也不好玩！」比比一邊這麼想著，一邊喀嚓一聲，扣上了安全帶。

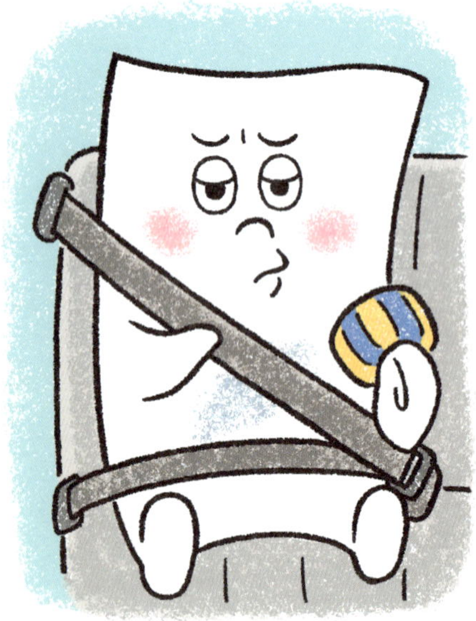

二 被風吹走會發生什麼事？

比比漫不經心的從汽車天窗盯著天上的白雲問：「爸爸，萬一被風吹走的話，會怎麼樣啊？」

聽見他的問題，爸爸發出沙沙的聲音轉過頭來，望向媽媽的臉。媽媽則微微捲動扁平的身體，點了點頭。

「比比已經七歲了，是時候該告訴他了吧。」

「這麼說也是。」

爸爸擺出嚴肅的表情，把身體轉向後座，對比比說：

「在爸爸像你這麼大的時候，爸爸的弟弟比吉——你應該要叫他叔叔吧，被風吹走了。」

這是比比第一次聽爸爸提起這件事，他緊張的吸了一口氣。

「那比吉叔叔後來怎麼樣了呢？」

「後來，他就再也沒有回來了。他是一個很乖的弟弟，實在令人惋惜。」

「他過世了嗎？」

「怎麼可能！爸爸相信，他一定還活在某個地方的。」

坐在隔壁的媽媽說：

「我們不是有個親戚叫榮

伊嗎？那孩子以前也鬧過失蹤。他被颱風吹走，倒下的樹木把他壓在底下。不過，他現在過得很好喔，成為一名標槍選手。」

「這樣說起來，蘿莎阿姨才更可憐，她可是有長達好幾個月的時間，都被夾在櫃子的縫隙裡面動彈不得呢！但是，她現在也好好的，聽說每天都在打她最愛的網球喔！」

「被壓在樹下？被夾在櫃子的縫隙裡？哇——又扁

A01

又薄的身體也太慘了吧！」

「沒辦法，這就是我們一般紙張的宿命。」

比比心想，要是自己生來是一張更厚、更扎實的紙就好了。像是圖鑑或字典那種，不會是這種被風輕輕一吹就飛走的紙！

三 這對風箏來說，早就見怪不怪了

車子來到一座位於郊區的山丘，一整片的白色三葉草，好似海浪般隨風搖曳，一直延伸到遙遠的另一端。

「好寬敞啊！好大喔！」

比比把自己捲成一個圓筒，在草地上滾來滾去。

爸爸從遠方的樹下大喊：

「比比！肚子餓了的話，就回來這邊，我們一起在草地上吃便當！」

「好——便當裡有什麼？」

比比帶著黏滿臉的葉子問道。

「吃火腿三明治！」

「火腿是厚厚的那種嗎？」

「是薄薄的。」

聽到這個回答，比比嘟起嘴巴，「哼！」了一聲。

明明難得出來野餐，父母竟然只準備薄薄的火腿。

比比可是最愛厚切火腿的。

就是那種偶爾收到別人送的禮盒，才會出現在家裡的一整塊粉紅色火腿。

「哼！」

比比頭也不回的跑了起來，但是很快就變得氣喘吁吁的了。

這全是因為他戴著裝滿沙子的護腕。

從山丘的頂端，可以將比

比生活的小鎮一覽無遺。

「我家在哪裡呢？上面有風向雞和紅屋頂的房子，從這裡看不到耶。」

比比爬上附近一棵得意洋洋、向上伸長枝椏的大樹。

沒想到——

呼——噗！

被樹葉遮住的另一邊，傳來一陣奇怪的聲音。

呼——噗！

呼——噗！

好像有什麼人在樹梢那裡。

比比撥開樹葉，發現一個有著漂亮日本和紙身體的「風箏少女」正在呼呼大睡，她看起來比比比大幾歲。

「哇——她打呼好大聲喔！」

聽見比比的聲音，風箏少女忽然睜開眼睛。

「討厭，人家睡著了嗎？」

「對啊，妳為什麼會睡在這裡啊？」

「人家飛到一半的時候，不小心勾到樹枝了。那已經是三年前的事了。」

「哇！妳在這裡待了那麼久啊？」

「這對風箏來說，早就見怪不怪了。你是一般紙張吧？」

「我叫比比。」

「我是珍珍。你來得正好，比比。你去幫我解開纏在樹枝上的風箏線。如果是你那雙小手的話，應該辦得到吧？」

「我試試看。」

比比和亂七八糟糾纏在一起的風箏線展開苦戰。然而，沉重的護腕卻害他的雙手不聽使喚。

「唉唷！這真的很礙事耶！」

他忍不住用力甩掉護腕，明明父母總是千叮嚀萬交代，要他在外面絕對不能把護身符拿下來的。

「解開了！」

風箏線一鬆開，珍珍便輕盈的飄了起來。風箏會把握每一陣風，即使是再小的微風都不放過。

「太好了！人家又能飛了！比比，謝謝你。」

「再見，珍珍。」

比比朝著天空揮手道別，可是意想不到的事情發生了。比比的手被拉著，接著身體緩緩騰空。珍珍的風箏線，這次竟然纏住比比的手臂了。他們越飛越高，第一次從空中看見風景，讓比比興奮

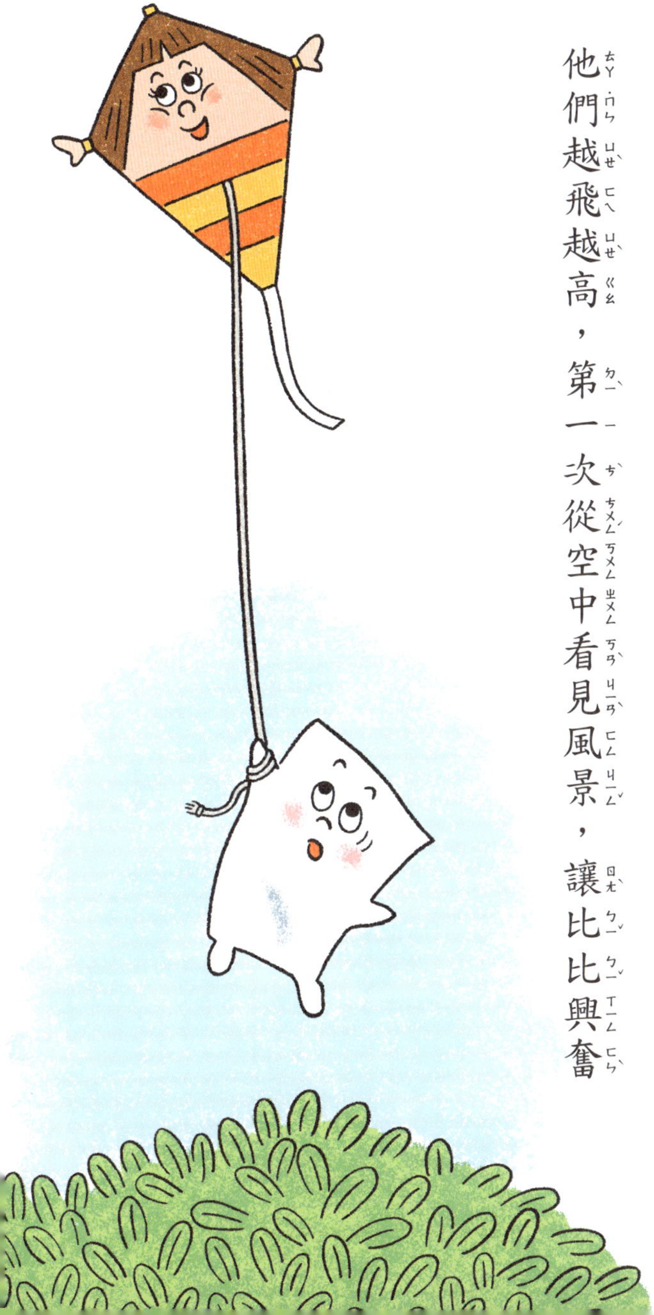

極了。

「哇！好酷唷！好高唷！」

他在離自己好遠的地面，看見了爸爸和媽媽。

「爸爸——媽媽——唷呵——！」

兩人一發現飛到高空上的比比，著急得像是熱鍋上的螞蟻。

「喂——趕快下來啊！」

而比比呢，他只顧著哈哈大笑，笑得身體皺成一團，

朝父母不斷揮手。凌空飛翔的喜悅，讓他名副其實「高興得飛起來了」。

四

乘著風到處飛

從空中向下俯瞰，房子和車子小得不可思議。深淺略有不同的綠色稻田，恰似一幅圖畫，相連到天邊。河流和馬路蜿蜒曲折，看起來好像一條條蛇聚集的大家庭。

比比抬頭一看，忍不住眨了眨眼睛。在空中翱翔的珍

珍，看起來就像一隻小鳥。

「超酷的！我也好想像她那樣飛喔！」

於是比比解開纏住手臂的風箏線，毫不猶豫的放開了手。

但他卻像落葉一樣，被風吹得到處亂飛，一下子往這邊飄，一下子往那邊盪。

「你看起來好危險啊！」

珍珍抓住比比的手說。

「哼！」

平常因為護身符太重的關係，比比不但跑得很慢，還要花很大的力氣才跳得起來。

而此時此刻，明明難得解開了束縛，他卻連好好飛行都辦不到。比比開始自暴自棄了起來，說：

「唉！既然都是當紙，我也好想當風箏喔！」

沒想到，珍珍聽見後冷笑了一聲。

「你啊，要是當了風箏的話，肯定會說還是當明信片比較好。然後，要是真的當了明信片，到時又會改口說，想要當素描簿吧。」

「我才不會說那種話

呢！」

「不管你怎麼想，你都還是一般紙張啊！竟然覺得當別的紙比較好，有夠無聊。有空在那邊胡思亂想，還不如來做一些好玩的事吧！我們一起乘著風到處飛，想去哪就去哪！」

珍珍順著上升氣流，往高處飛去。

他們鑽進雲層，眼前立刻變得一片白茫茫的。等到能重新看見東西時，刺眼的陽光照得他們頭昏眼花，他們已經飛到雲層上面了。

待眼睛習慣了之後，他們發現，就在前面不遠的地方，矗立著一座宏偉的巨塔。

五

我們正在尋找失蹤紙張

「哇！是棕櫚高塔！」

棕櫚高塔是比比居住的棕櫚鎮中的著名景點。

比比一直很想到上面看看，但是爸爸和媽媽都很怕高，所以從來不肯帶比比上去。

比比和珍珍兩人從「飛行類顧客專用出入口」進到塔內的景觀餐廳。

「歡迎光臨！」

「歡迎光臨！」

「歡迎光臨！」

一群精神抖擻的雪花紙片站在門口歡迎他們。

餐廳的玻璃窗被擦得乾乾淨淨、

一塵不染。

窗戶上有一張傳單。傳單緊緊貼著玻璃窗，轉動骨溜溜的眼睛四處張望。

傳單上是這樣寫的：

「我們正在尋找失蹤紙張，若您看過這些臉孔，請聯繫我們。」

這些字底下印著好幾張「失蹤紙

張」的長相。

比比馬上發現，在那上面有自己看過的臉孔，珍珍的臉就出現在其中。

「珍珍，妳看！」

比比指著傳單，但珍珍卻撇開頭，找了一

個遠離傳單，不會被發現的位子坐下來。

「這樣沒關係嗎？妳的家人在找妳耶。」

「沒關係啦！因為人家離家出走了。」

「離家出走？哇！好帥唷！」

比比用滿是崇拜的眼神看著珍珍。

這時，雪花紙片們端著盤子上菜了。

「讓您久等了，這是您點的太陽香煎歐姆蛋，以及颱風魚板彩虹拉麵。」

珍珍用刀子劃開歐姆蛋，濃稠的金黃色半熟蛋黃流淌而出。

至於比比點的拉麵，則在碗裡漂浮著好幾片魚板，上面有藍色漩渦的圖案。

魚板底下藏著七種顏色的麵條，當比比用嘴巴吸起麵條時，眼前彷彿出現了一道彩虹。

就在這個時候，有人在他們的座位旁邊停下腳步。彩虹被對方的影子遮住，一眨眼就不見了。那個人扯著大嗓

門說：

「珍珍，我總算找到妳了！」

「爺爺！奶奶！你們怎麼知道我在這裡？」

「是傳單通知我們的。」

珍珍一看，剛剛本來還貼在玻璃窗上的傳單，不知道什麼時候跑到爺爺的背後了。

「一直貼著玻璃不動，久了會腰酸背痛嘛！所以我偶爾也會下來到處找找看。」

爺爺拉著不停掙扎的珍珍往外走。

「比比，救我！」

珍珍才剛這麼喊，爺爺便狠狠的瞪了比比一眼。

「臭小子，你想怎麼樣啊？」

爺爺的表情說有多猙

獰，就有多猙獰！

比比嚇得像一張沾到水的紙一樣縮起身體。

不僅如此，他甚至還露出傻呼呼的笑容，想要對爺爺示好。

「珍珍啊，妳跟這小子求救也是沒用的。他看到我

的臉，竟然笑得一臉諂媚，真是膚淺至極！」

爺爺說完，便推開比比走掉了。

「他說我膚淺？哼！真不甘心！既然這樣，我一定要救出珍珍給你看！」

雖然還沒有把拉麵吃完，比比還是偷偷跟在他們後面離開了。

每次爺爺一回頭，比比就立刻貼在白色的牆壁上動也不動，把自己藏起來。

「哇——那張臉真是嚇死人了！」

明明爺爺和奶奶都是風箏，卻沒有走飛行類顧客專用出入口，而是搭乘電梯回到地面。接著再把珍珍推進計程車，一起搭著車子揚長而去。

奇怪？怎麼沒看到比比？他究竟跑到哪裡去了呢？

六 離家出走的原因

從計程車排放廢氣的排氣口傳出陣陣咳嗽聲，被廢氣熏得黑漆漆的比比捲著身體，從排氣口鑽了出來。

「這裡就是珍珍家啊。」

那是一棟氣派的房子，一棵棵棕櫚樹排列得井然有序。比比偷偷摸摸的溜進門口，即便只是門底下的一道小縫，薄薄的紙張也能一鑽就過。

「要是讓媽媽知道的話，我肯定會被臭罵一頓。不過，這也是為了救朋友嘛！」

爺爺和奶奶正在客廳看電視，為了避免被他們發現，比比鑽進櫃子後方的夾縫，然後往裡頭走。他看到一塊錢硬幣、直尺跟繃帶，有好多小雜物掉在夾縫裡面。

等到順利抵達走廊時，比比早已嚇出一身冷汗。因為珍珍家裡的牆壁，不是有顏色的，就是有花紋的。他從夾縫潛入一個又一個房間尋找珍珍。來到第五個房間時，他終於找到了。

「比比，你來救我了！這

扇門的外面被門閂鎖住了。你去幫我打開，我得從這裡逃出去才行。」

「等一下，珍珍。妳為什麼這麼想離家出走？妳家明明就很棒啊！」

在抵達這個房間的路上，比比看到好幾塊又大又厚的粉紅色火腿，就放在桌子上。

「因為人家一直被關在這個家裡不能出去！」

珍珍開始娓娓道來。

「我爸和我媽有一次飛著出門，在回家的路上被電線勾住了。運氣不好，剛好有一道閃電打在他們身上，結果就……」

比比倒抽了一口氣。

「後來，爺爺奶奶為了讓我長大以後，可以成

為一個了不起的風箏，就把我關在家裡，每天都逼我一直唸書。」

「那不是很正常嗎？我爸媽也是一天到晚都叫我去唸書、去唸書啊。」

「哎喲！比比，你看完這些，就說不出那種話了。」

在珍珍手指著的地方，堆積著一大疊學校的筆記本、課本和講義。

「這些是我離家出走這三年份的作業喔！三年份的生

字簿、三年份的讀書心得，還有三年份的圖畫日記！」

「哇——！」

比比嚇得臉色發青，差點就要變成一張青色的紙了。

「那些作業多到我都要吐了！珍珍，我們還是快逃吧！」

比比隨即鑽出門縫，並打開了門閂。

評量
生字簿

七 比比的計畫

問題是若要離開家裡，他們就必須經過爺爺和奶奶所在的客廳才行。

可是，珍珍鑽不進櫃子後面，因為她身上的細竹片會被櫃子卡住。

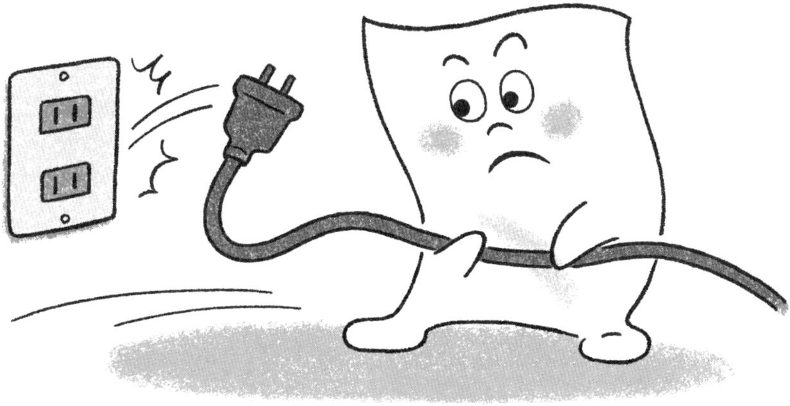

「我有一個好主意，珍珍，妳待在這裡別動。」

比比鑽過櫃子後面，然後繞到電視旁邊。

接著，

啵！

他拔掉了電視的插頭。

這時，比比發現，有一

張照片，就夾在電視櫃的縫隙裡面。

怎麼能讓他孤伶伶的待在這個窄到不行又積滿灰塵的地方呢？比比抽出照片，回到珍珍身邊。

因為電視螢幕的畫面突然消失，爺爺和奶奶便開始摸著電視到處檢查。

比比和珍珍則趁著這個空檔穿過客廳。

有那麼一瞬間，他們還以為計畫成功了，直到爺爺帶著他那副駭人的表情轉過頭來。

原來是因為比比和珍珍兩人的模樣，倒映在黑漆漆的電視螢幕上面了！

兩人立刻奪門而出，沿著棕櫚樹爬到屋頂上。

珍珍輕輕的飄了起

來。然而，就在脫逃將成之際，爺爺抓住了珍珍的風箏線。

「珍珍，妳怎麼可以作業沒寫完就跑出來呢！」

跟在後面追上來的奶奶，在一旁不知所措的乾著急。

「爺爺，您放手，人家想飛嘛！」

比比努力從他薄薄的身體裡擠出勇氣說：

「爺爺，請您放開珍珍吧！」

聽到比比的聲音，爺爺大發雷霆說：

「**閉嘴，你這個臭風箏！**」

「哇！」

爺爺的魄力令人難以招架，比比嚇得整個身體都捲起來了。這時，奶奶走到比比身邊說：

「爺爺，這孩子不是風箏，而是一般紙張。咦？我怎麼好像聽到一個很熟悉的聲音。」

聲音是從比比的手裡傳出來的。

「呵——睡得好飽啊！」

原來是比比剛才救出來的照片在說話。

他被爺爺的大嗓門吵醒了。

「啊！爺爺、奶奶，好久不見了。」

照片低下頭，向爺爺和奶奶打招呼。

爺爺和奶奶一看到照片，頓時嚎啕大哭了

起來。

「這是珍珍第一次飛起來時拍的照片。」

珍珍和她的爸爸、媽媽手牽著手騰空高飛，一家人全都笑得好開心。

「這張照片是我拍的……」

「是啊，那天吹著好舒服的

風……」

奶奶也用被淚水浸濕、變得皺巴巴的臉說道。

「只要一想到，萬一連珍珍都被電線勾住，我就好擔心、好擔心，擔心得不得了……」

「爺爺，您儘管放心，

我以前從來都沒有被東西勾到過，以後也不會。」

比比用力抿住嘴巴，珍珍被樹枝勾住的事情，要幫她向爺爺奶奶保密。

「而且啊，世界這麼大，也有一些城鎮，會把所有電線都埋在地底下。沒錯，就在地球的另一邊！」

「妳想在天上飛的想法，爺爺都瞭解了。不過，妳也要體諒爺爺和奶奶會擔心妳啊。」

爺爺原本倒豎的眉毛往下垂，變成八字形了。

一張紙有正反兩面。

爺爺只是太擔心珍珍了。

珍珍一臉傷腦筋的表情看著奶奶。

「不然這樣吧，」

奶奶知道該怎麼做了。

「就算覺得很擠、很不舒服，妳還是要先搭飛機，飛到

地球的另一邊。這樣才不會勾到電線，或是噗通一聲掉進海裡。然後，到了那裡，妳就盡情的飛個痛快吧！爺爺，你先別插嘴。這孩子可以說是為了在天上飛才出生的喔！這個家，不對，就連這個城鎮，對她來說都太小了。」

最後，爺爺終於像是再也受不了似的開口：

「嗚嗚——我可愛的珍珍，是爺爺錯了，爺爺只要妳過得幸福就好。」

接著，他抱著自己的寶貝孫女，這麼說道：

「不過，妳要把作業也全部帶去！雖然離開家裡，但還是要努力成為一個優秀的風箏。」

八

有風向雞和紅屋頂的房子

珍珍把三年份的作業塞進背包，然後說：

「我說，爺爺啊，可以請您允許我，在棕櫚鎮再飛最後一次嗎？」

「為什麼呢，珍珍？」

「我想幫比比找到他的家。」

爺爺和奶奶互看一眼，點了點頭。

「這個主意很棒，珍珍。妳這麼做很好，妳就去吧，要注意安全喔！」

珍珍和比比再次爬上屋

頂，輕飄飄的飛上了天空。

看到珍珍的全家福合照，比比也開始想念爸爸媽媽了，他還跟小樂約好了要一起玩。

「比比，從你家看得到棕櫚高塔嗎？」

「嗯，看得到喔！」

「那我們就飛到那附近看看吧！」

可是，當他們開始認真尋找之後，卻被數不清的房子弄得眼花撩亂、頭昏腦脹。

「哇！要怎樣才找得到我家啊？」

「一定會有辦法的，我們就乘著風到處飛，順其自然吧！咦？」

珍珍似乎發現了什麼，噗哧一聲笑了出來。

「比比，你看！那朵雲像

不像甜甜圈？」

在兩人的下方有一朵雲，形狀跟圓滾滾的甜甜圈一模一樣。而且，在甜甜圈中間的洞裡，正是一棟有風向雞和紅屋頂的房子。

「是我家，我家就在那裡！」

比比喊了出來。

「那我們就在這裡道別吧！正好風也停了。」

「再見，珍珍。」

「再見，比比。」

珍珍露出一抹燦爛的微笑，鬆開比比的手。

比比飄啊飄，緩緩降落。

他穿過甜甜圈中間的洞，飄啊、飄啊、飄啊。

就在他快飄到自己家的時候，他看見屋頂的風向雞旁邊站著一個人。

「喂！比比！」

「小樂！」

比比降落在屋頂上，小樂立刻緊緊握住比比的手。

「你怎麼會在這裡？」

「我聽阿姨他們說你被風吹走了。所以才在這裡，看著天上找你啊！我相信你一定會回來的。因為我們約好了，明天要一起玩！」

兩人一爬下屋頂，就馬上跑回家裡面。

「爸爸！媽媽！我回來了！」

「是比比！比比回來了！」

爸爸和媽媽高興得哭了出來，他們用力抱住比比，直到他整個身體都變成皺巴巴的才鬆手。

三明治、披薩、咖哩還有歐姆蛋。

餐桌上擺滿了美味佳餚。

比比一家也邀請小樂來一起享用。

MILK

比比咬了一大口三明治，眼睛瞪得圓圓的。

「哇！是我最愛的火腿，爸爸，是厚切火腿耶！」

爸爸說：

「那當然啊！萬一切得太薄，害你又被風吹走的話，那可就不好了！」

一家人笑得身體啪啦啪啦響，小樂也笑得發出嘩啦啦的水聲。

不過，比比覺得，其實這副又扁又薄的身體也不壞。正因為他有這樣的身體，才能與珍珍共同經歷一場空中冒險。

作者介紹

文

北川佳奈

（きたがわかな）

作家及插畫家。以榮獲第 28 屆小川未明文學獎大獎的《夏奇貝修理容院的喬安》（圖／しまざきジョゼ，Gakken）正式出道。著有《小說家波朗與危險的魔術秀》（圖文，小學館）、《小可與小美的友誼日記》（文字，圖／倉橋伶衣）、《篝火》（繪圖，文／青柳拓次，mille books）、《六國校園用語趣味圖鑑　亞洲篇＆美洲及歐洲篇》（與くまあやこ共繪，監修／齋藤ひろみ，文／板谷ひさ子，Holp 出版）。（以上書名為暫譯）

圖

佐原苑子

（さはらそのこ）

插畫家。東京都出生。桑澤設計研究所畢業。創作活動涵蓋日本野鳥協會周邊商品、保育繪本、童書、書籍與雜誌等範疇。著有《動物文字遊戲》（どうぶつことばあそび）（岩崎書店）。

譯

歐兆苓

東吳大學日本語文學系畢業。熱愛翻譯，譯作以人文史地類書籍為主，亦積極拓展其他領域。譯有《爆笑世界史》、《廣告與它們的產地》、《商界菁英搶著上的六堂藝術課》、《占星筆記》等。

故事館系列 073

白紙比比好想飛

紙の子ビーゴのぼうけん

作者	北川佳奈
繪者	佐原苑子
譯者	歐兆苓
語言審訂	張銀盛（臺灣師大國文碩士）
封面設計	張天薪
內文排版	許貴華
責任編輯	王昱婷
出版一部總編輯	紀欣怡
出版者	采實文化事業股份有限公司
執行副總	張純鐘
業務發行	張世明・林踏欣・林坤蓉・王貞玉
童書行銷	鄒立婕・張文珍・張敏莉
國際版權	劉靜茹
印務採購	曾玉霞
會計行政	李韶婉・許俽瑀・張婕莛
法律顧問	第一國際法律事務所　余淑杏律師
電子信箱	acme@acmebook.com.tw
采實官網	www.acmebook.com.tw
采實臉書	www.facebook.com/acmebook01
ISBN	978-626-431-070-3
定價	330 元
初版一刷	2025 年 8 月
劃撥帳號	50148859
劃撥戶名	采實文化事業股份有限公司 104 台北市中山區南京東路二段 95 號 9 樓 電話：(02)2511-9798 傳真：(02)2571-3298

國家圖書館出版品預行編目資料

白紙比比好想飛 / 北川佳奈作；佐原苑子繪；歐兆苓譯 . -- 初版 . -- 臺北市：采實文化事業股份有限公司 , 2025.08
96 面；14.8×21 公分 . -- (故事館；73)
譯自：紙の子ビーゴのぼうけん
ISBN 978-626-431-070-3(精裝)

861.596　　114008309

線上讀者回函

立即掃描QR Code或輸入下方網址，連結采實文化線上讀者回函，未來會不定期寄送書訊、活動消息，並有機會免費參加抽獎活動。

http://bit.ly/37oKZEa